MAXIME DE MONTMORAND

SUITE

DES

SEIGNEURS

DE PAULHAC

IMPRIMERIE L. WATEL

BRIOUDE

—

1915

SUITE

DES SEIGNEURS DE PAULHAC

Maxime de MONTMORAND

SUITE

DES

SEIGNEURS

DE PAULHAC

IMPRIMERIE L. WATEL

BRIOUDE

—

1915

Il y a en France onze communes du nom de Paulhac (1). Celle dont il va être ici question (Pauliac, Paulhiac, Poulhiat, suivant les anciennes orthographes) est située dans la Haute-Loire, à trois kilomètres de Brioude, et compte environ quatre cents habitants. Le village s'étend au pied et sur le flanc d'une colline que domine un château dont les parties les plus anciennes paraissent dater du XIIe siècle.

J'ai dressé la liste des seigneurs de Paulhac en me guidant sur l'intéressant travail du regretté M. Marcellin Boudet, PAULHAC ET CIVEYRAT (2). Ce travail, repris ici, dans une de ses parties, sous une forme tout à fait différente, j'ai été à même de le compléter, et, très fréquemment, de le rec-

---

(1) Ce nom est d'origine nettement gallo-romaine. Il est formé, comme tous les noms de lieux terminés en *ac*, du suffixe celtique *acus*, accolé au nom du propriétaire primitif *(Paulus,* en l'espèce). *Us,* dans l'usage, a fléchi, d'où la terminaison *ac.* (Voir Giry, *Manuel de Diplomatique.* Paris, Hachette, 1894).

(2) PAULHAC ET CIVEYRAT, *charte inédite de leurs coutumes,* 5 juin 1340. § II. *Les Seigneurs.* Paris, Picard, 1907.

tifier, grâce aux renseignements que m'ont fournis les archives du château de Paulhac (1).

Pour sèche et monotone qu'elle soit, cette nomenclature me paraît avoir un certain intérêt local, en ce qu'elle mentionne de nombreuses familles dont l'histoire est intimement mêlée à celle de l'ancienne province d'Auvergne. J'y vois en outre (et c'est ce qui me décide à la publier) un document instructif pour servir à l'histoire de la propriété en France.

Je ne prétends pas que ma SUITE DES SEIGNEURS DE PAULHAC *soit tout à fait complète, ni que les brefs commentaires historiques et généalogiques qui l'accompagnent ne puissent prêter à discussion. Je pose le premier, sous forme de notes, un certain nombre de points d'interrogation en marge de ces pages, et j'y signale des erreurs probables. Mais ces erreurs-là, que je pressens, me pèsent moins que les autres, dont je n'ai même pas le soupçon. C'est pour ces dernières surtout que je sollicite l'indulgence du lecteur. Ignorantias meas ne memineris, ne vous souvenez point de mes ignorances, dit le Psalmiste.*

(1) J'ai utilisé notamment, dans ces archives : 1° Un certain nombre de *pièces originales* (contrats de vente, de fondation, etc.). 2° Deux *inventaires* du château, de 1604 et de 1635, comprenant l'inventaire des papiers. 3° Un *Inventaire de certains actes de la seigneurie de Paulhac,* daté du 23 janvier 1499. 4° Un *Etat et Mémoires par abbregé des noms et surnoms de ceux qui ont esté seigneurs, propriétaires et possesseurs des châteaux et seigneuries.. de Paulhac, Balsac et Rioumartin....* (fin du XVII° siècle). 5° Une *Minute de l'inventaire des titres de Paulhiac* (fin du XVIII° siècle). 6° Un *Inventaire des terriers* (même époque).

SUITE

DES SEIGNEURS DE PAULHAC

Paulhac était, dès le xᵉ siècle, sous la suzeraineté du CHAPITRE DE BRIOUDE, qui en possédait la plus grande partie (1). (La seigneurie comptera plus tard deux autres suzerains : le roi et les dauphins d'Auvergne.)

« L'église paroissiale, sous le vocable de saint Jean, n'était qu'une *vicairie perpétuelle* dont le Chapitre était *curé primitif* » (2).

(1) *Cartulaire de Brioude*, ch. 37 : Itier et sa femme Arsinde donnent au Chapitre un vignoble à Civeyrat (911) ; ch. 108 : Robert, abbé du Chapitre cathédral de Clermont, lui donne deux « mas » situés à Paulhac (942-945). — D'après un *Recueil historique et chronologique sur le Chapitre*, rédigé, vers 1775, par Antoine de Combres de Bressoles, alors doyen, une famille chevaleresque du nom de *Coche* aurait beaucoup plus tard, en 1201, fait don au Chapitre de ses possessions à Paulhac. (Je dois ce renseignement, ainsi que beaucoup d'autres, au vénéré M. Paul Le Blanc, qui a bien voulu s'intéresser à ce travail et me prêter le secours de sa vaste érudition).

(2) Boudet, p. 8.

Paulhac avait en outre plusieurs seigneurs *directs*.

« Le Chapitre inféoda ses droits à des vassaux qui tinrent Paulhac de lui à charge de l'hommage et des services ordinaires » (1).

L'ancien château, dont quelques parties subsistent encore, fut construit, vers 1160, par BERTRAND EBRARD.

C'est du moins ce qu'on peut inférer d'une lettre du Chapitre et des bourgeois de Brioude, adressée au roi Louis VII en l'an 1163 (2). Ils se plaignent amèrement du doyen du Chapitre (Odilon de Mercœur) qui, disent-ils, les a réduits à la misère, et ils continuent ainsi : « Nous nous plaignons aussi de Bertrand Ebrard, qui, à l'instigation et avec l'aide du doyen, a construit, malgré nous, sur la *strata*, à la porte de notre ville, un château, et qui exige des voyageurs un droit inaccoutumé » (3). Le château n'est pas nommé, mais il est clairement désigné, Paulhac étant assis sur une ancienne *strata* reliant les Arvernes aux Vellaves.

Du XII° au commencement du XIV° siècle, on

---

(1) Boudet, p. 5.

(2) *Recueil des Historiens des Gaules et de la France.* (*Rerum gallicarum et francicarum scriptores*), tome XVI, p. 43.

(3) « Clementiæ vestræ, o bone Rex, notum facere volumus, nos nullum aliud præter Deum et vos defensorum habere. Majestatem vero vestram latere non credimus, nos arrogantia et malitia nostri decani ad summam miseriam pervenisse. Ecclesiam enim thesauro spoliavit et villam fere totam combussit... *Conquerimur etiam super Bertrando Ebrardi, qui castrum quoddam juxta villam nostram, consilio et auxilio decani, nobis contradicentibus, in strata ædificavit, unde teleonem inconsuetum a transeuntibus accipit...* »

trouve, parmi les seigneurs de Paulhac (1), une famille portant le nom du lieu (probablement une branche de la famille chevaleresque des Ebrard). Cette famille « DE PAULHAC » possédait un hôtel à Brioude et un autre à Blesle. On compte, entre 1200 et 1582 (car elle ne s'éteignit qu'à la fin du XVI° siècle), dix de ses représentants au Chapitre (2).

Les archives du château de Paulhac contiennent la mention de nombreux actes passés, entre le XIII° et le XV° siècle, par plusieurs *Ayral* ou *Ayraud* de Paulhac. Voici les plus intéressants de ces actes :

Le 6 avril 1230, « Accord.... entre messire Bompar d'Alzon et Guillaume, son frère, d'une part, et messire Ayral de Pauliac, d'autre part, sur ce que ledit Guillaume a coupé les pieds à deux sergents dudit Ayral. Il fut convenu que lesdits Bompar et Guillaume assigneraient aux sergents neuf setiers de seigle à

(1) *Parmi* les seigneurs de Paulhac. — Paulhac, en effet, je viens de le noter, avait plusieurs seigneurs directs. En 1300 et 1306, par exemple, de nombreux actes mentionnent un Robert de Beaulieu et un Bérald de Rochefort, qualifiés, l'un de « damoiseau de Paulhac », l'autre de « seigneur de Paulhac. » A partir du XIII° siècle, les d'Auzon, puis les Montmorin (par suite du mariage de Bompars d'Auzon avec Hugues de Montmorin) compteront également parmi les seigneurs de Paulhac.

(2) Dantil et de Chavanat, *Chronologie du ci-devant Chapitre de Saint-Julien de Brioude.* Paris, 1805. — Voir aussi Bouillet, *Nobiliaire d'Auvergne,* verbo Paulhac, et Auguste Chassaing, *Spicilegium Brivatense, recueil de documents historiques relatifs au Brivadois et à l'Auvergne.* Paris, Imp. nationale, 1886. Plusieurs de ces « Paulhac », dont les armoiries sont inconnues, devaient être originaires d'un Paulhac situé en Planèze, aux environs de Saint-Flour. Mais il est impossible de les distinguer aujourd'hui des « Paulhac » brivadois. Un certain nombre de ces derniers portèrent, à un moment donné, le surnom d'*Alleman* ou d'*Allemany,* et sont qualifiés d'*Allemany, alias de Paulhac.*

prendre le long de l'Allier, à deux lieues de Brioude ; et en outre que Guillaume, Bérald de l'Henton et Raynald de Beaulieu, damoiseaux, qui y ont assisté (sic) doivent faire hommage audit Ayral et aux siens de leur terre et fief » etc....

En 1259, noble Ayral de Paulhac, chevalier, rend hommage à Arbert, abbé de la Chaise-Dieu, de toutes les dîmes qu'il a dans la paroisse de Saint-Baudely de Brioude.

En 1278, un Ayraud de Paulhac est présent à une transaction entre Bernard de Mercœur et Adhémar de Poitiers (1).

En 1286, reconnaissance de dette d'un Ayral de Paulhac, chevalier *(Ayraldus de Pauliaco, miles)* au profit de Durand Bernard, bourgeois de Brioude.

A la fin de 1305, un Ayral de Paulhac reçoit de Guillaume de Challes *(de Calliaco)*, chanoine de Brioude, le don testamentaire de tous ses droits sur la seigneurie de Paulhac, à la condition d'épouser la fille de Bompare d'Auzon, femme de Hugues de Montmorin (2).

En 1308, Ayral de Paulhac et Etienne de Visac rendent hommage au Chapitre de Brioude pour les châteaux de Lauriac et de Paulhac avec leurs appartenances, lesquels châteaux avaient été donnés en dot à la fille d'Ayral, mariée à Etienne.

En 1420, accord entre messire Guillaume de Latour, prévôt de Brioude, et un Ayral, seigneur de Paulhac.

Vers 1305, MARAGDE DE PAULHAC, héritière de

(1) Cf Chabrol, *Coutumes locales de la haute et basse Auvergne,* t. IV, p. 412.

(2) En 1354, Géraud de Montmorin « fils à dame Bompare d'Auzon », est qualifié de seigneur de Paulhac, et rend, en cette qualité, hommage au Chapitre. *(Arch. du chât. de Paulhac).*

sa maison, en apporta la terre patronymique à
PIERRE II BOMPAR, SEIGNEUR DE LASTIC ET DE
VALEILLES, fils d'Etienne II Bompar, chevalier, et
de Souveraine de Pierrefort (1).

En 1313, le Chapitre donne mainlevée à Pierre de
Lastic, seigneur de Paulhac, de la saisie faite de son
château, faute d'hommage rendu.
Dans des actes de 1320 et de 1328, Pierre de Lastic
est encore qualifié de « seigneur de Paulhac » (2).

Pierre de Lastic n'eut pas de fils de Maragde de
Paulhac, mais il en eut une fille, Catherine.
CATHERINE DE LASTIC, dame de Paulhac,
épousa en premières noces (contrat du 21 décembre
1328) RAYMOND DE MONSTUÉJOULS, petit-neveu
d'un autre Raymond de Monstuéjouls, le premier
évêque de Saint-Flour.

Le 23 avril 1333, Raymond de Monstuéjouls, seigneur de Paulhac, rend hommage au Chapitre pour
l'hôtel de Paulhac, à Brioude ; en 1336, il rend hommage pour le château (3).

En secondes noces, Catherine épousa BERNARD
DE ROCHEFORT, SEIGNEUR D'AUROUZE.

Bernard de Rochefort était d'une race carolin-
gienne, illustre et puissante dès le x° siècle. D'abord
chanoine, puis prévôt de Brioude (les Rochefort ont

(1) Lainé, *Archives de la Noblesse*, VII, p. 45, 46. — J.-B. Bouillet,
Nobiliaire d'Auvergne, III, *verbo* Lastic ; V, *verbo* Paulhac.

(2) *Arch. du chât. de Paulhac.*

(3) Ibid.

donné vingt-quatre chanoines au Chapitre), il quitta l'état ecclésiastique et se maria, lorsqu'il se vit, son frère aîné Bertrand étant mort sans enfants mâles, l'héritier de tous les biens de sa maison.

Il est qualifié de seigneur de Paulhac dans de nombreux actes (entre 1343 et 1372) (1).

Ce fut lui qui, de concert avec sa femme, Catherine de Lastic (2), consentit à transiger sur ses droits seigneuriaux avec les habitants de Paulhac et leur accorda la charte, publiée par M. Boudet, du 5 juin 1340 (3), charte fort curieuse, qui avait été

(1) *Arch. du chât. de Paulhac.*

(2) « Personaliter constituti nobilis et potens vir Dominus Bernardus de Rupe forti, miles, dominus castrorum de Aurosa et de Pauliaco, et nobilis Domina domina Catherina de Lastico, ejus uxor, mutuo inter se consentientes, nominibus suis et pro se et eorum heredibus et successoribus universis.... » (Charte de 1340).

(3) Voici les principaux articles de cette charte, qui n'est, transformée en convention, qu'une sentence arbitrale rendue par Guillaume Guigues, professeur de droit civil et canon, et Guillaume de Laire, licencié ès-lois, arbitres choisis d'un commun accord par le seigneur de Paulhac et ses vassaux :

Les corvées pour les travaux du seigneur seront désormais payées. — Les habitants de Paulhac et de Civeyrat ne seront plus tenus, à moins d'urgente nécessité, de garder les prisonniers du seigneur. — Le seigneur ne pourra louer à des étrangers le droit de faire paître leur bétail dans les terres et pâtures des habitants. — Les habitants jouiront librement des vacants de la chatellenie. Ils pourront y prendre de la terre, de la pierre à bâtir, etc... — L'acensement du four aux habitants est fixé à quatre livres par an. Le seigneur et ses gens ne pourront y faire cuire qu'à leurs frais ; l'entretien et la reconstruction du four seront à la charge du seigneur. — Les habitants n'auront à payer ni le traitement du bailli, ni les gages des sergents du seigneur. Les exploits des sergents seront soumis à un tarif uniforme. — Les habitants auront le droit de pêche dans tous les cours d'eau de la chatellenie. — Le seigneur et les habitants s'interdisent réciproquement de tenir des chèvres dans le mandement de Paulhac. — Le seigneur ne pourra exiger

précédée, en 1330 (1), d'un premier essai de compo-
sition, probablement mal respecté par les intendants
du seigneur.

Bernard de Rochefort et Catherine de Lastic
eurent un fils, Bertrand, mort sans progéniture mas-
culine, et une fille, DAUPHINE DE ROCHEFORT
D'AUROUZE, qui porta Paulhac dans la maison de

des habitants ni poules, ni légumes, etc., en dehors des redevances
qui lui sont dues. — Le seigneur n'aura droit d'avoir de garennes
que sur la côte de Fontanes. — Les habitants seront, à moins d'un
ordre royal, affranchis de tout service militaire, et même de la défense du château. — Ils ne devront d'autre taille extraordinaire que
celle dite aux *quatre cas*, limitée, pour chacun des cas, à 25 livres
tournois. (Cette taille était exigible : 1° pour l'entrée en chevalerie
du seigneur ; 2° pour le mariage de ses filles, en premières noces
seulement ; 3° pour le voyage du seigneur outre-mer, à fin de guer-
royer ; 4° pour la rançon du seigneur pris à la guerre, à la condition
que cette guerre fût celle du roi ou qu'elle eût lieu pour la défense
de Paulhac). — La taille aux *quatre cas* ne pourra être levée qu'une
fois l'an ; les habitants se la répartiront entre eux. — Les habitants,
lorsqu'ils contracteront mariage, seront tenus de prélever, pour le
seigneur, sur le repas de noces, une miche de pain, une *léale* de vin
et un morceau de chaque viande, sous la réserve que, s'il y avait
deux seigneurs à Paulhac, le droit ne serait perçu qu'une fois. —
Les habitants auront la faculté de procéder à toute division et à
tout partage de leurs biens sans recourir à l'autorisation du seigneur. — Ils pourront contracter mariage sans l'assentiment du seigneur, et sans payer de droit à cet effet. — Il ne sera pas loisible
au seigneur de s'immiscer dans le règlement et l'administration des
successions, à moins que les parties ne sollicitent son intervention
ou que les héritiers ne soient mineurs.

Les transactions de ce genre n'étaient pas rares, au moyen âge,
entre seigneurs et vassaux. Voir, par exemple, *(Spicilegium Brivatense*, p. 190) la charte de coutumes et privilèges accordée par Jean,
seigneur de la Roche, aux habitants de la Roche, près Brioude,
le 15 octobre 1291.

(1) *Arch. du chât. de Paulhac.* — Cette transaction de 1330 est
visée dans l'inventaire de Paulhac de 1604.

Courcelles par son mariage (vers 1358) avec son cousin HENRI DE COURCELLES, seigneur du Breuil, près d'Issoire.

Henri de Courcelles appartenait à une puissante maison. Le premier gouverneur royal que l'Auvergne ait reçu sous le titre de connétable, lorsque Philippe-Auguste en eut conquis (1208) la partie septentrionale sur le rebelle Guy II, était un Courcelles. Amaury II de Courcelles fut connétable de la province au commencement du règne de saint Louis (1235-1239). Et un Robert de Courcelles épousa, en 1241, la veuve de Guillaume, dauphin d'Auvergne et comte de Clermont (1).

LOUIS Ier DE COURCELLES, fils aîné de Dauphine de Rochefort et d'Henri de Courcelles, épousa Hélips d'Aurillac, dite Aurillaguette.

Ils eurent un fils, JEAN DE COURCELLES, seigneur du Breuil, d'Aurouze et de Paulhac.

Il figure dans des actes de 1405, 1415, 1431, notamment dans une transaction du 25 septembre 1431, dont voici l'intitulé (2) :

« Transaction passée entre Messieurs du Chapitre de Brioude et le seigneur de Pauliac (*Nobilis vir Joannes d'Escorcellis, miles, dominus locorum de Brolio, d'Auroza et de Pauliac*), qui fixe les bornes et limites des justices de Pauliac, de Brioude et de Beaumont ». Louis de Courcelles, fils de Jean (*Nobilis vir dominus Ludovicus d'Escorcellis, miles, filius dicti domini Joannis d'Escorcellis*) est présent à l'acte et en garantit l'exécution.

(1) Boudet, p. 18.

(2) *Arch. du chât. de Paulhac.*

Jean de Courcelles eut au moins deux fils. L'aîné succomba à Paris, en 1418, lors du massacre des Armagnacs. Le second, Louis II de Courcelles (appelé aussi Louis du Breuil et Louis d'Aurouze) devint seigneur de Paulhac.

Louis II de Courcelles fit la campagne de 1429, sous Jeanne d'Arc. Il assista au sacre de Reims. Charles VII, après le sacre, l'institua bailli des montagnes d'Auvergne et le nomma son chambellan (1430).

Tels furent ses brillants débuts, que la suite ne confirma pas. Après la mort de son père et de son aïeul, sa conduite devient déplorable. Comme son contemporain Gilles de Rais, il lâche la bride à ses passions et se livre à toute sorte de méfaits (1). Destitué en 1435, condamné à mort par contumace et à la confiscation de ses biens, il s'enfuit hors de France. Vingt ans après (1455), il obtenait des lettres de grâce, et, en 1461, épousait Isabeau de Langeac, fille de Jacques, seigneur de Langeac, sénéchal d'Auvergne.

Il mourut sans enfants en 1472 ou 1473. Il léguait ses biens, non pas à ses parents ni à sa femme, mais à Jacques d'Armagnac, duc de Nemours (2). Isabeau « lui rendit le procédé en épousant Jean d'Urfé, dit Paillart, chambellan de Louis XI, et l'ennemi mortel de Nemours. » Ce fut d'Urfé qui bloqua Nemours dans Carlat et le livra à Louis XI en 1476. « Le roi récompensa son chambellan en lui donnant tous les biens que Nemours tenait de Louis de Courcelles » (3).

(1) Ces méfaits, M. Boudet les a racontés par le menu, dans ses *Notes pour un catalogue des baillis royaux et ducaux des Montagnes. (L'Auvergne historique*, 1905, pp. 109 et suiv.).

(2) *Archives nationales*, JJ, 166, p. 189.

(3) Boudet, p. 22. — A l'occasion de Louis II de Courcelles se pose l'un des points d'interrogation que j'ai annoncés en commençant. Les

De ces biens, Paulhac ne faisait plus partie. Il avait été en effet, le 12 mai 1473, vendu par Isabeau (elle avait vraisemblablement des reprises à exercer sur son mari) à RAUFFET DE BALSAC (1).

archives du château de Paulhac contiennent un acte de vente, daté du 4 mai 1456, et ainsi décrit : « Vente faite par Louis d'Escorcelles *père* et *fils* à messire Louys de Bohant, dit la Rochette, maistre d'hostel du roy (*), des seigneuries de Bellinaits (Bélinays) et de Paulhac jusques à la valeur de 250 l. de rente ou valeur de 5.000 escus suivant la coustume d'Auvernhe pour le payement du don du roy fait sur les dites terres confisquées en sa faveur par arrest du Parlement qui avoit banny hors du royaume à perpétuité le dit sieur d'Escorcelles père. » .... — Chabrol (tome IV, p. 88) mentionne, lui aussi « Louis du Breuil, chevalier, et Louis du Breuil son fils », à propos de la saisie de la terre du Breuil, saisie pratiquée à la suite de l'enlèvement, par les deux complices, d'une jeune Hollandaise qui se rendait au pèlerinage du Puy.

On s'explique mal, au premier abord, la mention « Louis d'Escorcelles *père* et *fils* ». Louis de Courcelles (ou du Breuil) *père*, « banny hors du royaume », ne peut être que Louis II. Or il paraît certain qu'il mourut sans enfants. Il faut, pour tout concilier, admettre qu'il eut un fils, mais que ce fils mourut avant lui.

(*) Louis de Bohant (ou Boubenc) est qualifié, en 1460, de seigneur de Paulhac. Il rendit hommage au Chapitre en cette qualité. Il vendra, en 1473, à Rauffet de Balsac, quand celui-ci se rendra acquéreur de Paulhac, sa part dans la terre et dans la seigneurie. *(Arch. du chât de Paulhac)*.

(1) Voici l'acte, tel qu'il est sommairement analysé au dos du parchemin original. *(Arch. du chât. de Paulhac)* :

« 12 mai 1473. — Vente faite par noble Izabeau de Langeac, dame d'Auroze, du consentement de messire Jaques de Langeac, vicomte de Lamothe, son père, à messire Rauffet, seigneur de Balsac et Montmorillon, au prix de 200 escus, de la terre de Paulhac près Brioude, édifices, cens, rentes, preries, domaines, garenes, bois, preds, justices, fiefs, arrière-fiefs, droits et devoirs restans dans toute ladite terre, se réservant le bois de Transchalin (?), et que ledit Balsac et les siens payeront les vicairies, obits et autres charges ordinaires et accoutumés payer par les precedans seigneurs tant à l'église de Brioude qu'aux Cordeliers de cette ville, priant les seigneurs à qui est deu l'hommage de le recevoir. Reçu par M° Guilhaume Palufel et André Sabatier, notaires de Monferrand en Auvergne. »

Rauffet II (1) de Balsac (2), seigneur de Balsac, d'Entragues, etc .., capitaine de dix hommes d'armes et de
quatre mille francs-archers, gouverneur du Pont-Saint-
Esprit, chevalier de l'ordre de Saint-Michel, chambellan du roi Louis XI et sénéchal de Nîmes et de
Beaucaire, appartenait à une vieille famille auvergnate connue dès le IXe siècle (3). Il servit utilement
Louis XI pendant la guerre du Bien Public et, en
1473, fut l'un des chefs de l'expédition qui se termina
par la prise de Lectoure et par l'assassinat de Jean V
d'Armagnac. Il avait épousé, en 1453, Jeanne d'Albon
de Saint-André. L'une de ses filles, Marie, fut la
femme de l'amiral de Graville. Il mourut le 15 oc-

Isabeau s'étant remariée, la vente fut confirmée en 1474 (après
le décès de Rauffet) :

« 17 janvier 1474. — Vente consentie par noble Jean de Palhard
d'Urphé et dame Yzabeau de Langeac, mariés, seigneurs d'Auroze, à
noble Rouffait de Balsac (de) la seigneurie de Paulhac avec ses
domaines et le boix de Boscham (Bouchaud), se réservant le rachapt
comme il avoit esté fait cy devant, au prix de 1.200 l., à la charge
de payer les vicaires, obits. » etc...

Le même jour, la vente est ratifiée :

« 17 janvier 1474. — Ratification de vente faite par nobles Jean
d'Urphé dit Paillard et dame Yzabeau de Langeac, mariés, seigneurs
d'Auroze, du consentement de messire Jaques de Langeac, vicomte
de la Mothe, son père et beau-père, à messire Rauffet, seigneur de
Paulhac et chambelan du roy, de la seigneurie dudit Paulhac, com-
prins cens, dixmes et domaines avec le boix de Boscham au prix
de 1.200 l., le chargeant de payer les viqueries (vicairies), obits et
autres charges comme seigneur de Paulhac et comme avoit cy devant fait feu messire Louys du Brueulh, seigneur d'Auroze et dudit
Paulhac aux églises de Brioude et aux Cordeliers... »

(1) Roffec, Roffet, Rauffet, diminutifs de Radulphus, Raoul. Le
sénéchal signait Rauffet.

(2) Balsac, commune de Saint-Géron, canton de Brioude. C'est
à tort qu'on orthographie souvent Balsac par un z.

(3) V. Le Père Anselme, Histoire générale et chronologique,
etc, tome II, p. 435 : Généalogie de Balsac.

tobre 1473, très peu de temps, comme on voit, après l'achat de Paulhac. En 1472, il avait fondé, dans l'église chapitrale de Brioude, quatre vicairies qui conservèrent, jusqu'à la Révolution, le nom de « vicairies du sénéchal » (1). Le droit de présentation à ces vicairies,

(1) Les contrats de fondation et d'acceptation de la fondation par le Chapitre sont des 18 et 19 octobre 1472. Rauffet lègue « soixante livres payables annuellement à quatre prestres du nombre des chanoines ou hebdomadiers » de l'église Saint-Julien, savoir : « quinze livres à chacun desdits quatre vicaires pour faire chacun leurs semaines et dire deux messes, en sorte que chacun d'iceulx dise chaque jour la messe à basse voix... avec la collecte des morts. » Il demande à ce qu'à la fin de chacune de ces messes « il soit dict l'absolution et oraison » pour le repos de son âme et de celle de ses parents. « Le tout dans la chapelle qu'il veut estre construite en lieu convenable et honorable dans ladite église Saint-Julien, laquelle chapelle sera ornée et décorée d'un autel et dédiée à l'honneur de la très-sainte Vierge ; au-dessus duquel autel seront placées les images de saint Michel et de sainte Catherine, ladite chapelle close de ferremens comme sont les autres chapelles. » Dans cette chapelle, le fondateur veut et désire être enterré, « et que ses héritiers et successeurs y ayent aussi leur sépulture. » Au seigneur de Paulhac, comme patron des quatre vicairies, appartiendra le droit de nomination, présentation et institution des vicaires. Quant au Chapitre, il s'engage à faire poser dans le clocher de l'église « une grande cloche du prix de six vingt escus d'or, laquelle sera appelée la *cloche de Balsac*, qu'il fera sonner avant la célébration de chaque susdite messe. » - « Pour la dotation et entretien de ladite fondation acceptée par le seigneur Chapitre, le seigneur de Balsac lui donne et lègue la somme de deux mille escus d'or », somme qui lui fut, immédiatement après son décès, payée et délivrée par l'administrateur des biens de ses héritiers, « ainsi qu'il appert de la quittance que lesdits seigneurs dudit Chapitre en donnèrent (à cet administrateur) le 28ᵐᵉ jour du mois d'octobre de l'année 1473. »

Deux cents ans plus tard, le 19 août 1678, une transaction intervint entre le Chapitre et le seigneur de Paulhac (alors Claude de Brezons). Aux termes de cet acte, passé devant Mᵉ Antoine Magaud, bailli et notaire royal résidant à Paulhac, la chapelle de l'église Saint-Julien anciennement appelée « de saint Pierre » et « qui

qui avait été réservé au seigneur de Paulhac, fut exercé en dernier lieu par le marquis Jean-Gaspard de Miramon, en 1777 (1).

A la mort de Rauffet, son second fils GEOFFROY DE BALSAC, seigneur de Montmorillon, Bagnols, Chatillon-d'Azergues, etc., hérita de Paulhac (2).

Il épousa Claude Le Viste et mourut sans enfants en 1509. Son frère ainé, Rauffet III de Balsac, sénéchal de Beaucaire, étant également mort sans enfants, ce fut Robert, frère de Rauffet II, qui continua la postérité.

Geoffroy vendit Paulhac, en 1499, à son oncle ROBERT DE BALSAC (3).

avoit esté accordée et donnée en plein Chapitre assemblé à *Ebrardus* et *Isiganda*, sa femme, sur la demande qu'ils lui en firent environ l'an 909 », fut « transportée » au seigneur de Paulhac (en échange de l'ancienne chapelle fondée par Rauffet de Balsac) et consacrée à la Vierge, étant entendu que « ledit seigneur de Paulhac et ses successeurs, seigneurs dudit lieu » y pourraient élire leur sépulture « aux charges et conditions portées par les fondations, quittances et transactions ci-dessus énoncées. » (*Arch. du chât. de Paulhac : Minute de l'inventaire des titres* et *Etat et Mémoires par abbregé*, etc.)

(1) On trouve, dans les archives du château de Paulhac, à la date du 4 novembre 1639, la mention d'une « requête présentée par les quatre vicaires des vicairies du sénéchal, à l'effet de faire diminuer les messes fondées et les réduire. »

(2) Geoffroy a été omis par M. Boudet dans sa suite des seigneurs de Paulhac. Et il se trompe quand il dit que « Roffet de Balsac... étant décédé sans postérité... ses frères Pierre et Robert recueillirent sa succession. »

(3) *Arch. du chât. de Paulhac (Inventaire de certains actes.* etc.): « S'ensuyvent les tiltres appertenans à la seigneurie de Paulhat.. lesquels tiltres ont esté baillés à noble et puissant Robert de Balsat, seigneur d'Entraigues et de Saint-Amand, sénéchal d'Agenois et de Gascogne, *pour raison et à cause de l'achapt par lui fait de noble*

Né vers 1440, Robert de Balsac, qui était d'humeur aventureuse, entra, en 1464, au service du duc de Milan François Sforza. Il revint d'Italie en 1468 et fut nommé sénéchal d'Agenais et de Gascogne. C'est en cette qualité qu'il prit part, avec son frère aîné Rauffet, aux expéditions organisées par Louis XI contre Jean V d'Armagnac. Il épousa, en 1474, Antoinette de Castelnau, fille d'Antoine, seigneur de Castelnau et de Bretenoux ; édifia, en 1483, près de son château de Saint-Amand (actuellement Saint-Chamand), une belle église décorée de magnifiques boiseries ; prit part, en 1488, à la guerre de Bretagne, comme lieutenant de Louis de la Trémoïlle, et, en 1494, à l'expédition de Charles VIII en Italie. Nommé gouverneur de la citadelle de Pise, il la livra, moyennant finances, aux Pisans (janvier 1496), et ce, en dépit des ordres formels et réitérés qu'il avait reçus. Il finit sa carrière en France, et, sur ses vieux jours, écrivit un petit traité d'art militaire, *La nef des batailles*, et une moralité, *Le droit chemin de l'hôpital*. Il mourut le 9 mai 1503 (1).

Paulhac échut à son fils aîné, PIERRE DE BALSAC.

et puissant messire Geoffroy de Balsat, chevalier, seigneur dudit lieu, son neveu, de la seigneurie dudit Paulhat, ainsi qu'il avoit esté accordé entre eulx par le contract de ladicte vente... » L'accusé de réception de ces titres est daté du 23 janvier 1499.

(1) Déribier-du-Châtelet, *Dictionnaire statistique.... du département du Cantal.* Aurillac, 1852-1855, tome III. — Devic et Vaissete, *Histoire générale du Languedoc.* Toulouse, 1889, tome XI. — S. de Sismondi, *Histoire des Républiques italiennes du moyen âge.* Paris, 1826, tome XII. — M. P. Allut, *Etude biographique et bibliographique sur Symphorien Champier.* Lyon, Scheuring, 1859. — Tamizey de Larroque, *Le Chemin de l'Ospital... nouvelle édition, avec notice sur l'auteur, notes et appendice.* Montpellier, Hamelin, 1887.

Pierre de Balsac, baron d'Entragues et de Saint-Amand, seigneur de Prélat, Paulhac, Dunes, Clermont-sous-Biran, etc..., naquit en 1479. Il fut pourvu, dès l'âge de quinze ans (1494), en survivance de son père, de l'office de sénéchal d'Agenais (1). Il enleva, vers 1506, sa cousine Anne de Graville (fille de l'amiral Louis Malet de Graville et de Marie de Balsac, fille de Rauffet II). Anne, bibliophile et poète, l'auteur du « rommant » de *Palamon et Arcita*, l'une des femmes les plus remarquables du commencement du XVI° siècle, lui donna onze enfants. Il fut nommé, en 1523, lieutenant de roi en Auvergne, et dut mourir aux environs de 1530 (2).

Il avait pris possession de Paulhac le 12 juin 1504 (3), et les archives du château contiennent de

(1) *Lettres de Charles VIII* (Ed. de la Soc. de l'Histoire de France), tome IV, p. 39. - Lettre du 10 avril 1494 « aux consuls et habitants de l'Agenois ».

(2) En 1538, Charles Martel, seigneur de Bacqueville, mari de sa fille Louise, est qualifié de « tuteur des enfants de défunt Pierre de Balsac. » *(Arch. du chât. de Paulhac : Etat et Mémoires par abbregé, etc...)*

(3) Cette même année *(Etat et Mémoires par abbregé*, etc... et *Minutes de l'inventaire des titres)*, Thomas de Montmorin rend hommage au Chapitre « de tout ce qu'il a et lui appartient du château et village de Paulhac... par permutation jadis faite entre les prédécesseurs dudit seigneur de Montmorin et les héritiers de deffunte damoiselle Maragde de Pauliac. » Quelques années plus tard, en 1531, Bertrand de Rochefort rend également hommage « de son château et seigneurie de Paulhac. » — Comme on le voit, la seigneurie de Paulhac était, encore à cette époque, divisée entre plusieurs propriétaires. Et probablement, à un moment donné, en avait-il été de même du château. Je trouve, dans la *Minute de l'inventaire des titres*, la mention suivante : « 1296, et le jeudi après la fête de saint Pierre-aux-Liens, vente consentie par Robert de Beaulieu à Jacques de la Motte, bourgeois de Brioude, d'une émine froment en seigneurie sur un champ et vigne au terroir de Pabols, se tenant en hommage *des seigneurs* du château de Paulhac. »

nombreux actes passés à son nom entre 1504 et 1505 d'abord, puis entre 1521 et 1530. Il semble donc qu'il y ait fait des séjours (l'on y conserve une pierre où sont sculptées ses armes, parties de celles de Graville), et qu'il se soit intéressé à sa seigneurie de Paulhac.

Après qu'il eut enlevé sa cousine, Paulhac et ses autres biens furent saisis et mis sous séquestre à la requête de son beau-père l'amiral. Il obtint la mainlevée de la saisie le 31 août 1511, ainsi qu'il résulte de la mention suivante, qu'on lit dans l'inventaire de Paulhac, de 1604 : « Trouvé les piesses de la mainlevée faite au seigneur Pierre de Balssat par le roy Lois dousièsme des biens dudit Balssat, que estoient saisis à cause que fust accusé d'avvoir ravy la fille du seigneur de Graville, lors admiral de France : consistant en trois piesses attachées ensemble. La dicte mainlevée dattée du dernier jour d'aoust l'an de grâce mil cinq cents et unse ; signé par le roy en son conseil ; et signé : des Landes » (1).

A la mort de Pierre, ses fils GUILLAUME DE BALSAC, seigneur d'Entragues, de Marcoussis, du Bois-Malesherbes, etc..., et THOMAS DE BALSAC, seigneur de Montagu en Cotentin, héritèrent conjointement de Paulhac (et de Balsac).

On trouve, en 1542 et 1543, dans les archives du château, cette mention : « Guillaume et Thomas de Balsac frères, seigneurs de Paulhat et Balsac. » (Etat et Mémoires par abbregé, etc...).

Guillaume fut mortellement blessé, en 1554, à

(1) Les « trois piesses » en question, qui eussent été d'un si haut intérêt pour l'histoire d'Anne de Graville, ont malheureusement échappé à toutes mes recherches.

la bataille de Renty (1). Trois ans auparavant, le 21 août 1551 (2), Thomas de Balsac, resté, les partages faits, seul propriétaire de Paulhac et de Balsac, les avait vendus à Guinot Gouzel, sieur de Lavenal, d'une famille de marchands d'Allanche.

M. Boudet avance que cette vente eut lieu sur saisie et par autorité de justice. « Comme presque toutes les maisons fastueuses et guerrières de la cour de François Ier, dit-il, les Balsac étaient endettés, et la première moitié du XVIe siècle vit une poussée vigoureuse de marchands, de fermiers d'impôts, gens d'affaires et d'argent, usuriers quelquefois, mais travailleurs infatigables et pères de famille économes, sortir des échoppes et du notariat pour les remplacer. »

Il y a là une série d'erreurs. La « poussée » dont parle M. Boudet se produisit à coup sûr, mais plus tard qu'il ne le dit. « Si, remarque très justement M. Pierre de Vaissière (3), on peut reporter aux der-

(1) Il « mourut sans enfants », déclare M. Boudet, « laissant pour héritier son frère Thomas. » L'inadvertance est étrange. Guillaume de Balsac eut neuf enfants de sa femme Louise d'Humières, parmi lesquels François, qui fut le père de la marquise de Verneuil, Charles, seigneur de Clermont-sous-Biran, capitaine des cent archers de la garde de Henri III, et un autre Charles, seigneur de Dunes, dit *Entraguet.*

(2) *Arch. du chât. de Paulhac.* — Cette date est mentionnée dans l'acte de vente de la terre et seigneurie de Paulhac, vente consentie par Gouzel à Gaspard de Montmorin le 20 avril 1561. — On voit ce que vaut l'allégation de Chabrol *(Coutumes d'Auvergne,* tome IV, pp. 85, 412), affirmant que Jeanne de Balsac apporta, en 1532, Paulhac et Balsac en dot à Claude d'Urfé. Paulhac et Balsac ne sortirent de la maison de Balsac qu'en 1551.

(3) *Gentilshommes campagnards de l'ancienne France.* Paris, Perrin, 1904.

nières années du xvie siècle la ruine de la majorité de la noblesse française, il est, en revanche, tout à fait impossible de remonter plus haut. Tout nous prouve au contraire que la première moitié du xvie siècle fut pour la noblesse une ère de prospérité exceptionnelle. »

Venons au cas particulier de Thomas de Balsac. Il vendit Paulhac de gré à gré (1), et, s'il le vendit, ce n'est pas qu'il fût à court d'argent ou poursuivi par ses créanciers : peut-être, en 1551, avait-il hérité déjà de sa mère ; il avait hérité, en tout cas, de sa tante Jeanne, dame de Marcoussis (2). Mais c'était le moment où les enfants et les petits-enfants d'Anne de Graville, purs auvergnats de par leur ascendance paternelle, abandonnaient le terroir ancestral et transportaient leur principal établissement dans l'Ile-de-France et dans l'Orléanais, à Marcoussis, à Malesherbes, etc.

Les archives du château de Paulhac contiennent de nombreux actes passés au nom de Guinot Gouzel entre 1551 et 1560 (3).

(1) Dans l'acte de vente de 1561, il est question du « contract d'acquisition » du 21 août 1551.

(2) Jeanne de Graville qui, en premières noces, avait épousé Charles d'Amboise II, seigneur de Chaumont-sur-Loire, Meillant, etc..., (neveu du cardinal d'Amboise) et, en secondes noces, René d'Illiers, mourut en 1540. Ses neveux Guillaume et Thomas de Balsac se partagèrent sa succession. Cf. Malte-Brun, *Histoire de Marcoussis*. Paris, Aubry, 1867, p. 110.

(3) Le 26 mai 1559, il présente, en qualité de seigneur, à une vicairie « fondée en la chapelle de saint Ferréol, estant dans les chadeyrettes (*) de l'église Saint-Julien, au dessoubs de la chapelle

(*) *Chadeyrettes.* – Etymologie probable : *cathedra*, chaire, chaise. Dans le patois local, chaise se dit *tsadeira*, petite chaise *tsadeyreta*. *Chadeyrette* serait la forme française corrompue de *tsadeyreta*. Quant à comprendre le sens, la signification topographique de la phrase « dans les chadeyrettes de l'église Saint-Julien », c'est à quoi je n'ai pu parvenir.

Le 20 avril 1561 (1), dix ans après son achat, il vendit Paulhac et Balsac à Gaspard de Montmorin Saint-Hérem, fils de François de Montmorin, gouverneur du haut et bas pays d'Auvergne, et de Jeanne de Joyeuse.

De très nombreux actes sont passés, entre 1561 et 1575, au nom de Gaspard de Montmorin.

Il épousa (contrat du 13 décembre 1553) Louise d'Urfé, née en 1537, fille du célèbre Claude d'Urfé, le grand seigneur artiste et bibliophile, et de Jeanne de Balsac, fille de Pierre de Balsac et d'Anne de Graville (2).

appelée anciennement (de) saint Pierre et présantement de la Vierge, par défunt noble Astorg de Balsac ». *(Arch. du chât. de Paulhac: Etat et Mémoires par abbregé. etc...).*

Dans le même document, on trouve, au sujet d'Astorg, la mention suivante : « Astorg de Balsac, seigneur des lieux de Paulhac et Balsac, ainsy que résulte de l'acte de nomination et présantation par luy faitte de la vicairie fondée jadis par le sieur Thomas de Balsac, alias d'Aurouze, seigneur dudit Paulhac et de Balsac, dans l'autel et chapelle de saint Jacques qui est sur la porte de ladite église Saint-Julien de Brioude, appelée de Nostre-Dame-des-Tables, ladite vicairie conférée par ledit Chapitre à messire Michel Pradon, prestre.. ., le 1er mars mil et cinq cents quarante six.... »

Cet Astorg de Balsac, que les généalogies passent sous silence, est un personnage fort gênant. Je ne vois pas le moyen de l'insérer, comme seigneur de Paulhac, entre Thomas de Balsac et Guinot Gouzel. Probablement avait-il, sur Paulhac et Balsac, des droits de seigneurie partiels. (On me rendra cette justice que je ne cherche pas à esquiver les difficultés qui se présentent à moi au cours de ce travail).

(1) M. Boudet dit avec moins de précision : « entre 1561 et 1564. » La vente, comprenant les seigneuries de Paulhac, Balsac, Rioumartin et partie de Bensac, « ledit Paulhac se mouvant du Chapitre de Brioude et le surplus du comte dauphin d'Auvergne », était faite au prix de 29.000 livres. *(Arch. du chât. de Paulhac).*

(2) Jeanne de Balsac, qui partageait les goûts de son mari, avait hérité de la bibliothèque de sa mère. Cette bibliothèque cons-

Il eut un fils, GILBERT DE MONTMORIN SAINT-HÉREM, qui fut à son tour seigneur de Paulhac. Gilbert mourut sans enfants (1).

L'ainée de ses sœurs, FRANÇOISE DE MONTMORIN, hérita de Paulhac (2). Elle épousa en premières noces LOUIS-ARMAND, VICOMTE DE POLIGNAC (3), en secondes noces François de Clermont-Chaste.

Après elle, Paulhac et Balsac devinrent la propriété de sa sœur CATHERINE DE MONTMORIN SAINT-HÉREM, qui avait épousé (contrat du 21 juillet 1584) (4) GILBERT DE SAINT-AIGNAN, seigneur de la Gastine en Limousin, Confolent, etc... (5).

Catherine mourut en 1604, au cours d'un voyage à Paris. A sa mort fut dressé l'inventaire du château (meubles et papiers) (6).

titua le fonds primitif le plus important de la fameuse bibliothèque d'Urfé.

(1) D'après Chabrol (tome IV, p. 377) et le *Nobiliaire d'Auvergne* (*verbo* Montmorin), Gaspard de Montmorin n'aurait laissé que des filles. — Je n'admets que sous réserve et sur la foi de M. Boudet l'existence de Gilbert, dont je n'ai trouvé aucune trace dans les archives du château de Paulhac.

(2) M. Boudet l'a omise dans sa nomenclature.

(3) « Bail à cens passé, le 21 septembre 1579, par les chanoines comtes de Brioude à puissant seigneur Louis, dit Armand, chevalier de l'ordre du roy, vicomte de Polignac, baron de Chalamon, *seigneur de Pauliac*, Balsac, Saint-Heram, etc..., d'un bois situé aux appartenances de Saint-Beauzire. »

(4) Inventaire du château de Paulhac (1635).

(5) Dans des actes de 1589, 1594 et 1595, Gilbert de Saint-Aignan est qualifié de seigneur de Paulhac. Il testa en 1595.

(6) Inventaire dressé (en août 1604) par Antoine Chandon et

Elle avait trois filles, Françoise, Claude et Gilberte. FRANÇOISE (1) DE SAINT-AIGNAN hérita de Paulhac, dont la propriété lui avait été assurée (4 septembre 1599) par contrat de mariage (2). Elle avait épousé CHARLES DE SÉDIÈRES, SEIGNEUR DE MONTEYNARD (3).

Dans des actes de 1605, 1611, 1612, Charles de Sédières est qualifié de seigneur de Paulhac.

Il y eut entre les époux de graves dissentiments, qui aboutirent — dans quelles circonstances, nous l'ignorons — à un procès criminel. A la suite de ce procès, Françoise, « dame de la Gastine, Confolent, Paulhat, etc... » fit, le 11 janvier 1617, donation de tous ses biens à sa sœur Claude de Saint-Aignan, veuve de Jacques de Ligonnès, et ce, est-il dit dans l'acte, en faveur et récompense des frais et impenses faits par la dame de Ligonnès « au procès criminel entre la dame de la Gastine (Françoise de Saint-Aignan) et messire Charles de Sédières son mari », et pour « la bonne assistance qu'elle lui a rendue durant le long temps que le procès a duré. »

Jézon Granet, notaires à Brioude, à la requête de « Charles de Sédières, baron de Monteinard, seigneur de la Gastine, Confollent, etc..., et de sa consorte, dame Françoise de Saint-Hérem; et par suite du décès de dame Catherine de Saint-Hérem, mère de la dame de Saint-Aignan; suivant la donation à eux faite par contrat de mariage par la feue dame Catherine de Saint-Hérem de la terre et seigneurie de Paulhiat. »

(1) M. Boudet l'appelle à tort Catherine.

(2) *Arch. du chât. de Paulhac.* - Inventaire de 1635.

(3) L'illustre maison de Monteynard avait une branche auvergnate, se rattachant à Jean-Jacques de Monteynard, seigneur de Beaulieu (près Saint-Germain-Lembron), qui, au commencement du xvi° siècle, avait épousé Maximilienne de Murols.

La donation était faite à charge, par la dame de Ligonnès, de payer, pour et au nom de la dame de la Gastine, à dame Gilberte de Saint-Aignan, consorte de messire Jacques de Neyrebrousse (Jacques de Brezons), chevalier, seigneur de La Roque-Massebeau et autres lieux, la somme de dix mille livres, faisant moitié de celle de vingt mille livres léguée à la dame de La Roque (Gilberte de Saint-Aignan) par feu messire Gilbert de Saint-Aignan, son père ; à moins que la dame de La Roque ne préférât, en paiement de la somme due, accepter la terre et seigneurie de Paulhac (1).

Gilberte de Saint-Aignan opta pour Paulhac (2). Elle avait épousé, en 1609 (3), Jacques de Brezons, seigneur de La Roque-Massebeau.

La famille de Brezons était l'une des plus illustres et des plus puissantes, dès l'an mille, de la féodalité auvergnate, « celle des fondateurs, vers 1025, du second monastère de Saint-Flour, d'où la ville actuelle est sortie » (4).

Jacques de Brezons mourut à Nancy, pendant la campagne de Lorraine, le 16 novembre 1635. On rapporta son corps à Paulhac. Sa veuve, à raison de la

(1) *Arch. du chât. de Paulhac :* donation du 20 janvier 1617 ; inventaire de 1635.

(2) Inventaire de 1635. — « Option de la terre et seigneurie de Pauliat pour paiement des sommes contenues audit acte à elle deues (à Gilberte) par dame Françoise de Saint-Aignan, sa sœur, conformément au contract de donation susnommé, ledict acte du dixiesme (pour onzième) janvier mil six cents dix sept.... ».

(3) Inventaire de 1635. — Le contrat de mariage est du 30 septembre.

(4) Boudet, p. 28.

minorité de ses enfants, prit des mesures conservatoires et fit faire l'inventaire du château (1).

FRANÇOIS DE BREZONS, le fils aîné de Jacques et de Gilberte, ne survécut que deux ans à son père (2).

Il laissait un frère, Claude, et une sœur, Marie de Brezons, laquelle épousa, en 1649, à Paulhac, Charles-Jacques-François de Cassagnes de Beaufort, marquis de Miramon, baron du Cayla en Rouergue, seigneur de Pesteils, Polminhac, etc..., en Haute-Auvergne (3).

(1) Inventaire clos le 28 décembre 1635.

(2) Une pierre tombale, conservée au château de Paulhac, porte l'inscription suivante : « Cy gist hault et puissat seig^r messire iacques de brezons seig^r de la roque massebeau paulhiac s^t heran &c cap. dune copagnie de chevaulx legers entretenue po[ur le service du R]oy il deceda à Nancy le vi^e novebre 1635. — Cy gist aussi messire françois de brezons son fils ca[pitaine de la m]esme copagnie qui fut blece pour le service du Roy dont il mourut [à] guise le xviiie septembre 1637. Priez dieu pour leur ame. » L'existence de cette pierre tombale à Paulhac est pour étonner, attendu que, par contrat du 21 août 1631, Jacques de Brezons et sa femme avaient fondé, en l'église des Minimes de Saint-Ferréol-lès-Brioude, sous le vocable de saint François de Paule, une chapelle où ils voulaient être enterrés, ainsi que leurs descendants. (Arch. du chât. de Paulhac).

(3) La maison de Cassagnes-Beaufort-Miramon, originaire du Rouergue, s'était établie en Auvergne en 1608, par suite du mariage de Charles de Cassagnes avec Camille de Pesteils. Charles de Cassagnes fut le père de Charles-Jacques-François, qui épousa Marie de Brezons, et qui mourut vers 1676.
Quant à Camille de Pesteils, elle était fille de Jean-Claude de Pesteils et de Jeanne de Lévis, dame de Caylus, sœur de Jacques de Lévis-Caylus, le mignon de Henri III, qui fut tué par Charles de Balsac (Entraguet) dans le fameux duel de 1578. Veuve de Charles de Cassagnes, Camille de Pesteils épousa en secondes noces Anne de Noailles, marquis de Montclar. — Documents historiques et généalogiques sur les familles et les hommes remarqua-

CLAUDE DE BREZONS, marquis de La Roque-Massebeau, seigneur de Paulhac, Balsac, Saint-Hérem, etc.., hérita de Paulhac.

Il épousa, en 1639 (1), Marie de Montboissier-Beaufort-Canillac, fille de Jacques-Timoléon, marquis de Canillac, « le plus grand et le plus vieux pécheur de la province », dit Fléchier (2).

L'union ne fut pas heureuse. Arguant de l'impuissance de son conjoint, Marie de Canillac exigea qu'il fût soumis à la ridicule épreuve du « congrès » (3).

bles du Rouergue dans les temps anciens et modernes. Rodez, Ratery, 1853. — Vᵗᵉ de Miramon-Fargues, Cassagnes-Beaufort-de Miramon. — Rouergue et Auvergne. (1060-1890).

(1) Contrat du 11 juin. (Arch. du chât. de Paulhac). — La dot est de 60.000 livres ; les parents de la future épouse s'engagent en outre à la fournir d'habits de fiançailles « suivant leur condition » ; le futur époux donne les habits de noces et pour 6.000 livres de pierreries ; le douaire est de 3.000 livres de rente à prendre sur la seigneurie de Paulhac ; en cas de prédécès du futur époux, la future épouse « jouira en outre pour son habitation pendant sa viduité de la maison et château dudit Paulhac » ; elle sera habillée d'habits de deuil aux frais de la succession du futur époux « et aura de plus pour son équipage le carrosse attelé de six chevaux qui se trouveront dans la maison dudit futur époux ou autres, s'il ne s'en trouve point dans ladite maison. »

(2) Mémoires sur les Grands Jours d'Auvergne. — Il échappa par la fuite au châtiment que lui réservaient les Grands Jours, et ne put être condamné à mort que par contumace. Quatre autres Canillac furent condamnés à mort en 1666 ; l'un d'eux, le vicomte de Lamothe, dont on réussit à s'emparer, subit sa peine à Clermont.

(3) Mémoires sur les Grands Jours d'Auvergne : « Il leur reste (au marquis et à la marquise de Canillac) deux enfants, un fils et une fille, qui se sont ressentis des déréglements de la famille. La fille, qui est assez bien faite, et qui étoit considérée comme une occasion de faire quelque illustre alliance, fut mariée avec un homme de qualité nommé Laroque-Massebeau (Claude de Brezons)... Elle fut bien aise, durant quelque temps, d'être mai-

L'épreuve ne tourna pas à l'avantage de Claude, et l'annulation du mariage s'ensuivit. Claude se remaria dans la suite avec Mlle de Clermont-Lodève, dont il n'eut (naturellement) pas d'enfants. Quant à Marie de Canillac, elle convola sur le tard (1690) avec Jean-Jacques d'Aubusson, seigneur de Savignan.

C'est à Paulhac — le préférant à ses châteaux de la montagne — que le dernier des Brezons avait fixé sa principale résidence (1). Il y vécut en réputation de sainteté (2), et y mourut, âgé de quatre-vingt-huit ans,

tresse ; mais, je ne sais par quelle raison secrète, elle n'en fut pas satisfaite dans la suite. Elle s'en plaignit fort souvent, et pour des raisons qu'elle seule pouvoit savoir. Elle protesta qu'il l'avoit trompée, qu'il ne lui tenoit pas tout ce qu'elle en avoit espéré, et qu'enfin ce n'étoit pas un aussi bon mari qu'elle se l'étoit promis. Elle eut pourtant la modération de souffrir, durant cinq ans, toutes les foiblesses de son mari ; mais enfin elle perdit patience et poursuivit fortement la séparation... Elle avança la grande raison des divorces, et déclara ingénument le grand défaut de son mari, qui ne voulut point avouer le crime d'infirmité qu'on lui reprochoit. Ainsi il en fallut venir à des épreuves publiques qui eurent un très mauvais succès pour lui, ou par mérite, ou par malheur, comme il arrive ordinairement en ces sortes d'expériences ridicules. Quoi qu'il en soit, la plainte de la dame fut reçue et le mariage fut déclaré nul.... Mme Laroque-Massebeau est enfin redevenue Mlle de Canillac, et le sera longtemps, selon toutes les apparences, tous les gentilshommes craignant de ne pouvoir être assez bons maris pour elle. J'ai vu des dames bien embarrassées si elles devoient l'appeler madame ou mademoiselle. »

(1) « Le marquis de la Roque-Pauliac est de la maison de Brezons et beau-frère du feu comte de Clermont et du marquis de Ceyssac ; il n'a pas d'enfants ; sa principale terre consiste en son beau château de Pauliac. dans l'élection de Brioude ; il est seigneur de Saint-Hérem. » (*Mémoire concernant la province d'Auvergne, dressé par ordre de Mgr le duc de Bourgogne, en 1697-1698, par M. Lefèvre d'Ormesson, intendant.*) — Extrait des *Tablettes d'Auvergne.* Clermont-Ferrand, Perol, 1845.

(2) *Arch. nat. ms. fr.* n° *12.663, p. 74.* — Lettre de Claude

le 3 octobre 1709. Il avait testé le 26 avril de l'année précédente (1).

Brûlé, moine bénédictin, à dom Mabillon, 15 avril 1704 : « C'est un seigneur, âgé de plus de quatre-vingts ans, aimant beaucoup notre congrégation, donnant tout son bien aux pauvres, n'ayant point eu d'enfant de sa première femme, qui étoit Canillac... ni de la dernière, la comtesse de Clermont-Lodève, morte à Paris il y a quatre ou cinq ans. Sa sainteté est si reconnue de tout le pays, que l'intendant de la province n'oseroit lui refuser les grâces qu'il lui demande pour les pauvres misérables du pays. Tous les religieux mendiants ressentent ses libéralités. Les RR. PP. Minimes de Brioude, qui le dirigent, m'ont dit qu'il vivoit comme un saint et ne lisoit d'autre livre que celui des Evangiles... On voit chez lui un grenier où il y a toujours eu du grain depuis plus de deux siècles, car ses parents étoient aussi grands aumosniers. »

(1) *Arch. du chât. de Paulhac.* — Son testament contient un un grand nombre de legs pieux, en faveur des Minimes, des Capucins, des Cordeliers de Brioude, des Récollets de Murat, etc... « Je veux et entends, y est-il dit, que le jour de mon enterrement il soit appelé tous les prebstres les plus prochains du voisinage, pour y adsister et dire la messe à mon intention ; ensemble tous les autres prebstres qui se présenteront ; et pareillement tous les religieux des couventz de la ville de Brioude à qui j'ai faitz des legs cy appres énoncés, seront advertis et tenus d'adsister à mon enterrement. Veux aussi que ledit jour de mon dit enterrement soit habillé soixante pauvres d'une aune et demy drap fort avec un cierge chacun de cire paisant une livre, lesquelz adsisteront au convoy de mon corps. Et sera aumosné à chaque pauvre qui se trouvera le jour de mon deceds à chacun d'eux la somme de deux sols six deniers aussi bien que le jour de la novaine, quarantaine et bout de l'an... » Claude déclare enfin vouloir « être inhumé au tombeau de ses prédécesseurs en l'église paroissiale de Paulhac. » — Je renouvelle ici l'observation faite (p. 31, note 2) relativement au contrat du 21 août 1631, et à la fondation, par Jacques de Brezons et sa femme, d'une chapelle mortuaire en l'église des Minimes de Saint-Ferréol. Les seigneurs de Paulhac avaient, en somme, acquis le droit de se faire inhumer : soit (v. p. 20, note.) dans leur chapelle de l'église Saint-Julien (contrat de fondation d'octobre 1472 et transaction du 19 août 1678) ; soit dans leur chapelle de l'église des Minimes (contrat de fondation du 21 août 1631). Pourquoi renoncèrent-ils à ces sépultures, je l'ignore.

Il instituait pour héritier l'un des fils de sa sœur, CLAUDE-JACQUES-JOSEPH DE CASSAGNES DE BEAUFORT, MARQUIS DE MIRAMON, DU CAYLA, DE PESTEILS, etc.

Claude-Jacques-Joseph épousa (contrat du 11 juin 1670) Jeanne d'Aureilhe, fille de François d'Aureilhe, marquis de Colombines. Il mourut en 1716.

Son fils ALEXANDRE-EMMANUEL, né en 1687, colonel du régiment de Provence (1725), lui succéda comme seigneur de Paulhac.

Il épousa, en 1725, Emilie Esther de la Tour-du-Pin-Gouvernet. Il en eut trois filles et trois fils : Jean-Gaspard, Louis-Alexandre et Jean-Charles.

L'aîné de ses fils, JEAN-GASPARD, MARQUIS DE MIRAMON, né en 1730, hérita de Paulhac.

Il épousa, en 1763, Marie-Anne de Bardonin de Sansac. Il en eut trois filles. L'aînée, Marie-Anne-Jeanne, qui, nous allons le voir, épousa son oncle paternel Louis-Alexandre ; la seconde, mariée au marquis du Plessis-Chatillon ; la troisième, au comte de Ligniville (1).

Il voyageait en Allemagne quand la Révolution éclata. Il ne put rentrer en France qu'en 1801, et mourut en 1810.

Il avait vendu, en 1790, à son frère LOUIS-ALEXANDRE, COMTE DE MIRAMON, MARQUIS DE

---

(1) Joseph Planche, l'universitaire bien connu, né à Ladinhac (Cantal), en 1763, lui tenait de fort près. Accusé, en l'an III, devant le tribunal révolutionnaire, d'avoir favorisé l'émigration du « ci-devant comte de Miramon », Planche fut acquitté par un jugement du 19 brumaire an III. (Communication de M. Paul Le Blanc).

Saint-Angeau, etc..., le château et la terre de Paulhac.

Né en 1735, Louis-Alexandre fut, en 1755, reçu chevalier de Malte. Son aîné Jean-Gaspard n'ayant que des filles, la maison de Cassagnes était menacée de s'éteindre. Louis-Alexandre obtint du pape, en 1775, un bref le relevant de ses vœux, et, l'année suivante, épousa Marguerite de Chabannes-Curton (1). Marguerite de Chabannes mourut, après deux ans de mariage, laissant un fils (2). Sur quoi Jean-Gaspard, préoccupé de remarier son frère, lui fit épouser, en 1785, l'aînée de ses filles, Jeanne (3). C'est à la suite de ce mariage qu'il lui vendit Paulhac.

Louis-Alexandre y vécut pendant toute la période révolutionnaire, en compagnie de son frère Jean-Charles (l'abbé de Miramon) (4), et y mourut le 8 mes-

(1) Elle lui apporta en dot la terre de Saint-Angeau ; et il fut stipulé dans le contrat que les descendants des époux écartèleraient leurs armes de celles de Chabannes.

(2) Jean-Louis-Gaspard, né en 1778, chambellan de l'Empereur, comte de l'Empire, préfet de l'Eure en 1813 et de l'Indre-et-Loire pendant les Cent-Jours. Il mourut au château de Paulhac le 20 mars 1816. Il avait épousé Mˡˡᵉ de Vauchaussade de Chaumont (morte en 1855). Il en eut cinq enfants, dont un fils, Louis-Alexandre-Napoléon, marquis de Miramon (1812-1856), filleul de Napoléon Iᵉʳ et de Marie-Louise.

(3) De ce second mariage, Louis-Alexandre eut huit enfants. Trois de ses fils moururent à l'armée d'Espagne. Le dernier, Guillaume-Louis, épousa, en 1826, Olympe de Méallet, fille de Joseph de Méallet, comte de Fargues. Il se fixa au château de Fargues et mourut en 1867. C'est à lui que se rattache la branche cadette de la maison de Miramon, dite de Miramon-Fargues.

(4) Jean-Charles, né en 1734, entra dans les ordres à vingt ans. Son cousin Talleyrand, évêque d'Autun, le prit comme vicaire général, mais, dans la suite, s'opposa à sa nomination à l'évêché

sidor an ix (27 juin 1801) (1). Il en fut le dernier
« seigneur ». Mais Jean-Louis-Gaspard, le fils issu de
son premier mariage, hérita de la terre et du château, qui sont, encore aujourd'hui, la propriété de
ses descendants.

de Saint-Flour. En 1791, après l'apostasie de Talleyrand, l'abbé
de Miramon exerça pendant quelque temps les fonctions de vicaire
apostolique d'Autun. Réfugié à Paulhac pendant la Terreur, il y
mourut le 29 thermidor an xi (17 août 1803).

(1) Son frère et lui « durent au triste état de leur santé et aussi
à la sympathie que leur nom inspirait dans le pays de ne pas être
trop molestés (pendant la Terreur). Seule la comtesse de Miramon
fut un jour arrêtée par ordre du district de Brioude et détenue dans
la prison de cette ville. On raconte qu'elle allait être transférée à
Paris, lorsqu'au moment où le convoi se mettait en marche, survint
l'ordre de la relâcher. Il paraît que le promoteur de cette généreuse
mesure.... n'était autre que Carrier, le farouche proconsul de
Nantes... Carrier était né dans la baronnie d'Yolet, fils d'un tenan-
cier du marquis Jean-Gaspard de Miramon et neveu du chapelain
de Pesteils.... Le marquis s'intéressa à lui, et le futur inventeur
des mariages républicains vint plusieurs fois à Pesteils, où la marquise et ses filles lui témoignèrent une bonté dont il garda de la
reconnaissance... C'est un honneur pour les châtelains de Pesteils
d'avoir peut-être inspiré le seul sentiment humain qui ait germé
dans le cœur de ce monstre..» — V** de Miramon-Fargues, *loc. cit.*

IMPRIMERIE L. WATEL. — BRIOUDE

www.ingramcontent.com/pod-product-compliance
Lightning Source LLC
Chambersburg PA
CBHW060900180626
46818CB00004B/1797